Ricardo Alcántara   Emilio Urberuaga

¡CARAMBA CON LOS AMIGOS!

Combel
EDITORIAL

Florián era el más alto y fuerte de la pandilla. Sus amigos se sentían tan seguros a su lado que se atrevían a ir a cualquier parte.

Un buen día decidieron ir de excursión al río.
Partieron muy risueños.
Llevaban una cesta
cargada con refrescos y alimentos.

Tan pronto llegaron al río
se pusieron a jugar.
Unos se metieron en el agua,
otros apenas se mojaron las patas,
mientras el resto corría junto a la orilla.

A causa del ejercicio, se les despertó el apetito antes de lo previsto y decidieron comer.

Se sentaron en círculo y,
para sorpresa de todos, en un periquete
Florián se zampó dos bocadillos.

Eso mosqueó a sus amigos.
Consideraban que la comida era de todos
y debían comer todos por igual.
Y así se lo hicieron saber al joven león.

Florián se sintió tan avergonzado
que enrojeció.
No sabía qué decir ni dónde meterse.

Pero, tras pensarlo un momento,
finalmente comentó:
–Si no como bastante estaré débil
y no podré defenderos.
Y, sin duda, tenía razón.

Los demás se miraron unos a otros
por el rabillo del ojo. Ahora eran ellos
los que no sabían qué responder.

Pronto cayeron en la cuenta
de que para ser tan fuerte el joven león
debía comer por dos. Entonces...
–Está bien –aceptaron.

Florián dio las gracias y siguió comiendo.
No podía evitarlo,
¡tenía un auténtico apetito de león!

© 2000, Ricardo Alcántara
© 2000, Emilio Urberuaga
© 2000, Editorial Esin, S.A.
Caspe, 79. 08013 Barcelona – Tel.: 93 244 95 50 – Fax: 93 265 68 95
combel@editorialcasals.com
Segunda edición: octubre 2001
ISBN: 84-7864-432-6
Depósito legal: M-42106-2001
Printed in Spain
Impreso en Orymu, S.A. - Pinto (Madrid)

CABALLO ALADO

serie al **PASO**

Recopilaciones de narraciones dirigidas a niños y niñas a partir de 5 años. Las ilustraciones, llenas de ternura, dan personalidad a unas historias sencillas que los más pequeños podrán leer solos.

serie al **TROTE**

Recopilaciones de cuentos dirigidos a aquellos pequeños lectores que ya empiezan a seguir el hilo narrativo de una historia. Los personajes de estas historias acompañarán a niños y niñas en la aventura de leer.

serie al **GALOPE**

Serie de títulos independientes para pequeños lectores a partir de 6 años. Historias llenas de fantasía, ternura y sentido del humor que harán las delicias de niños y niñas.